LA
BONNE ARMELLE.

TRADUCTION

DE L'ALLEMAND,

DE

G. TERSTEEGEN.

Si quelqu'un m'aime, dit Jésus, il
gardera ma parole, et mon Père l'ai-
mera, et nous viendrons a lui, et
nous ferons notre demeure chez lui.
(Jean IV. 23.)

Dieu est Charité, et celui qui de-
meure dans la Charité, demeure en
Dieu et Dieu demeure en lui.
(I Jean, IV 16.)

MONTBÉLIARD,
LIBRAIRIE DE DECKHERR FRÈRES.

1169

LA
BONNE ARMELLE.

AVERTISSEMENT
DU TRADUCTEUR.

La Bonne Armelle était une pauvre servante qui ne savait ni lire ni écrire, mais dont la grâce de Dieu avait touché le cœur si profondément qu'elle était devenue en Jésus-Christ une nouvelle créature. Cette pauvre paysanne est un exemple bien remarquable de la vérité de ces paroles du Sauveur : Heureux les pauvres en esprit, car le royaume des Cieux est à eux. Ecoutons un instant la conversation de la bonne Armelle telle que nous la fait connaître le pieux TERSTEEGEN, dans un recueil de pièces édifiantes. Avec la bénédiction de Dieu, nous apprendrons par son exemple, à nous avancer nous-mêmes dans la vie chrétienne.

5

CONVERSATION

DE LA

BONNE ARMELLE.

§ 1.

Une des amies les plus intimes de la bonne Armelle lui demandait un jour par quel moyen elle était arrivée à cet heureux état de piété et de grâce dans lequel se trouvait son ame, et quelles étaient les occupations continuelles de son esprit et de son cœur.

§ 2.

La Bonne Armelle lui répondit : que grâces à la miséricorde de Dieu, elle n'aurait jamais appris autre chose qu'à aimer selon l'Evangile ; que tous ses exercices, tous ses motifs, toutes ses vues, tous ses désirs, ne tendaient qu'à aimer de jour en jour davantage, avec plus d'ardeur et de pureté, et que par là, elle avait fait quelques progrès dans la connaissance et dans la pratique de tous ses devoirs.

§ 3.

Chaque matin en m'éveillant, disait-elle, je me jetais dans les bras de Dieu, qui est Amour et Charité, comme un enfant dans les bras de son père. Je me levais pour le servir; je faisais tout mon travail pour lui plaire. Quand j'avais le tems de prier, je me mettais à genoux en sa présence, et je lui parlais comme si j'avais pu le voir de mes yeux. Je m'abandonnais à lui sans réserve; je le priais d'accomplir en moi sa volonté tout entière, et je le suppliais de ne pas permettre que je me rendisse coupable de la moindre désobéissance envers lui, pendant le cours de la journée.

§ 4.

Je m'occupais de lui et de ses divines louanges, autant qu'il m'était possible, et autant que mes occupations me le permettaient. Mais le plus souvent, je ne trouvais pas même assez de tems dans toute la journée, pour réciter la prière dominicale. J'aimais autant travailler pour l'amour de Dieu que de le prier, car il m'avait appris lui-même que tout ce que je faisais par amour pour lui, était une véritable prière.

§ 5.

Je m'habillais dans la compagnie de mon Dieu, et il me montrait que j'étais redevable de mes vêtemens à sa bonté et à son amour. J'allais ensuite à mon travail; mais il ne me quittait pas, et moi je ne le quittais pas non plus. Il travaillait avec moi, et moi avec lui, et je me sentais unie à lui, comme si j'eusse été en prière. Oh! qu'il m'était doux et facile de supporter toutes mes peines et toutes mes fatigues en une si bonne compagnie. Cela me donnait souvent tant de force et de courage, que rien au monde ne m'était pénible, et je sentais que j'aurais pu faire tout le travail de la maison. Mon corps était tout entier au travail; mais mon cœur et tout mon être était rempli d'un ardent amour et savourait intérieurement cette douce et familière présence de Dieu, qu'il lui plaisait de m'accorder.

§ 6.

C'est ainsi qu'au milieu même de mon travail, je m'entretenais sans cesse avec lui. Je l'aimais, je me délassais en lui et je me tenais toujours près de lui, comme auprès d'un intime ami. Si mes occupations étaient de nature à attirer toute mon attention, et toutes mes pensées, je tenais pourtant mon cœur constamment tourné vers lui, et aussitôt que la chose qui m'occupait était achevée, je recourais en toute hâte à mon Dieu, comme ferait une personne qui en aime fortement une autre, et qui ne s'en sépare qu'à moitié et à regret, en allant à ses affaires. Voilà précisément ce qui m'arrivait avec Dieu. Il m'était pour ainsi dire, impossible de me séparer de lui, et je ne pouvais vivre hors de sa présence.

§ 7.

Je savais bien, et lui-même me l'avait appris, par expérience, qu'aussi long-temps que je pourrais regarder à lui, je ne pourrais l'offenser, ni m'empêcher de l'aimer. Plus je portais mes regards sur lui, plus j'apprenais à reconnaître, d'un côté ses divines perfections, et de l'autre, ma misère et mon néant. Je m'oubliais ainsi, je renonçais à moi-même, comme à une chose indigne de m'occuper; je m'élevais au-dessus de moi-même et de toutes les créatures pour m'unir à Dieu, de m'attacher à lui continuellement.

§ 8.

Mon seul et unique but était de lui plaire dans toutes mes actions et de veiller sur moi-même, pour ne pas lui désobéir. C'était là mon soin prin-

cipal en toute circonstance; et je ne
le faisais point pour le profit que je
pouvais en retirer, ou par crainte du
mal qui aurait pu m'arriver, en agis-
sant autrement: Non; toutes ces
idées de profit, ou de perte étaient
loin de mon ame; je n'y pensais pas
du tout. Le bon Dieu, qui est amour,
voulait tout avoir pour lui; et pourvu
qu'il fut content, moi j'étais contente
aussi. Hors de là, tout m'était indif-
férent.

§ 9.

Lorsque chaque matin, j'allumais
un grand feu avec une faible étin-
celle, je disais: Ah! mon Dieu!
Toi qui es amour et charité, si seulement on te laissait agir dans les ames
comme tu le désires, tu y répandrais
bien vite par ton Saint-Esprit, le feu
divin de la charité et de l'amour.

§ 10.

Quand je préparais la chair des
animaux qui devait servir aux repas,
il me semblait entendre dans mon

cœur, la voix de mon Sauveur bien-
aimé, qui me disait: qu'il avait voulu
souffrir la mort pour me sauver, et
pour pouvoir devenir le soutien de
la nourriture de mon Ame.

§ 11.

Quand je mangeais ou que je bu-
vais, je faisais cela comme tout le
reste, en sa sainte présence, et je me
souvenais qu'il nous donne sa chair à
manger et son sang à boire; qu'il est
le pain de vie descendu du Ciel, et
qu'il donne à celui qui a soif une eau
vive, jaillissante en vie éternelle. Il
me semblait que lui-même me pré-
sentait cette nourriture et ce breu-
vage, pour me rendre plus fervente
dans son amour. On peut se figurer
quels effets cela produisait dans mon
ame. Ah! je vous assure que c'est
quelque chose d'inexprimable. Il n'y
a que Dieu qui pourrait le dire. Pour
moi, je ne le pourrais, quand même
j'y emploierais toute ma vie.

§ 12.

Il n'y avait pas de Créature si petite, disait encore cette bonne Armelle, qui n'élevât mon ame à Dieu, et qui ne m'apprit à sa manière à l'aimer; de sorte que souvent je ne pouvais m'empêcher de m'écrier à haute voix et de lui dire : O mon Dieu! mon Amour et mon Tout! quand même il n'y aurait aucun homme au monde pour me dire que je dois t'aimer, les animaux et les autres créatures me l'apprennent assez; et quand même tu te cacherais toi-même de devant moi, ils me montreraient bien comment je dois te servir et te trouver.

§ 13.

Quand je voyais un pauvre chien qui ne quitte jamais son maître, qui est si fidèle à le suivre continuellement, et qui lui fait mille caresses, dès qu'il en reçoit une bouchée de pain; Dieu tout bon! Quelle leçon puissante c'était pour moi! Comme cela m'excitait à en agir de même envers mon Dieu, qui m'avait imposé par tant de bienfaits, l'obligation de le servir et de l'aimer.

§ 14.

Quand je voyais dans les champs, les petits agneaux, qui sont si doux, si paisibles; qni se laissent tondre et immoler, sans crier et même sans bêler, je me représentais mon Sauveur, qui s'est laissé conduire à la mort comme un agneau, et comme une brebis muette devant celui qui la tond, et qui n'a point ouvert la bouche (Es. 53). Il m'apprenait par là, à renoncer à moi-même, à le suivre, et à me rendre semblable à lui, dans les choses les plus difficiles et les plus pénibles.

§ 15.

Quand je voyais les petits poulets se réfugier sous les ailes de leur mère, je me souvenais aussitôt que mon Jésus s'est comparé à la poule qui rassemble ses poussins sous ses ailes, afin de réveiller ma confiance en lui, et afin de m'apprendre à me tenir caché et à couvert sous les ailes de sa divine providence, pour échapper aux embûches du diable.

§ 16.

Quand je considérais les belles campagnes, les vertes prairies émaillées de fleurs, je me disais à moi-même : mon Bien-aimé est une fleur de Saron, et un lys dans la vallée. (Cantiq. des Cantiq. 11. 1.) Il est une rose sans épines, quoiqu'il ait bien voulu se laisser couronner d'épines. Je le priais avec ferveur de faire de mon ame son jardin de délices : de tenir fermé ce jardin, afin que personne que lui ne pût y entrer.

§ 17.

Quand je voyais les arbres se laissant fléchir et pliant au gré des vents, et la mer agitée, ne dépassant jamais ses limites, je disais : O mon Dieu ! pourquoi ne suis-je pas aussi disposée et aussi docile à me laisser fléchir et

guidér par les mouvemens et les at-
traits de ton Saint-Esprit? Ah! fais-
moi la grace, je t'en prie, de ne jamais outre-passer les hornes que
m'impose ta volonté adorable.

§ 18.

Les poissons qui nageaient et se ré-
créaient au milieu des eaux, m'ap-
prenaient à me plonger de la même
manière, et à me restaurer sans cesse,
dans l'amour de Dieu.

§ 19.

Quand je voyais lé laboureur culti-
vant la terre et l'ensemençant, il me
semblait voir mon Sauveur, qui
pendant le tems de sa vie terrestre,
essuya tant de sueurs, de peines et de
travaux, pour cultiver nôtre ame,
et pour y répandre la semence céleste
de la divine charité. Il ne se lassait
point, quoiqu'il se trouva si peu de
bonne terre pour porter du fruit. En
pensant qu'il y a si peu d'ames dis-
posées à l'aimer et à garder sa parole,
j'éprouvais une douleur inexprimable.

§ 20.

Quand je voyais, au tems de la moisson, séparer le froment de la paille; je me souvenais qu'au jugement dernier, il en sera de même des justes et des méchans.

§ 21.

En un mot, il n'y avait aucune Créature, connue de moi, dans le monde, qui ne servît à m'instruire, et qui ne m'apprît toujours quelque chose de nouveau. Aussi je disais souvent à Dieu: O mon bien-aimé! Comme tu as bien trouvé les moyens de suppléer à mon ignorance! Je ne sais ni lire, ni écrire; mais tu as placé devant moi, dans la nature, des lettres si grandes, pour mon instruction, qu'il me suffit de les regarder, pour apprendre combien tu es aimable. Quelquefois même je voudrais presque ne les pas voir; car elles excitent, pour toi, un si grand amour dans mon ame, que je ne sais plus où aller.

§ 22.

Les créatures, continuaient la bonne Armelle, ne contribuaient pas seulement à mon instruction : Je voyais en outre, que Dieu dans sa bonté infinie, les avait toutes créés pour mon service, et que par elle et par leur moyen, il ne cessait de me faire du bien; de sorte que j'apercevais clairement, que c'était Dieu même qui se servait d'elles pour me rendre tous les services que j'en retirais.

§ 23.

Aussi, je lui attribuais tout, et je disais en moi-même : Si ma maîtresse m'envoyait chez quelqu'un pour lui porter un présent de sa part, la personne qui recevrait ce présent, ne m'aurait aucune obligation, et ne serait tenue à aucune reconnaissance envers moi; mais elle le serait envers ma maîtresse, qui lui aurait envoyé ce présent. C'est ainsi que tout le bien que les créatures me font, ne vient pas d'elles, mais de Dieu, mon bien-aimé, qui se sert d'elles pour me faire du bien.

§ 24.

De cette manière il ne se passait pas un moment du jour, où je n'eusse quelque nouvelle raison de l'aimer, et de m'unir à ce bon Dieu, comme à celui qui était intimément présent à mon ame, et qui, sans que je le cherchasse, me communiquait toutes ces connaissances et toutes ces pensées. Il le faisait avec une telle surabondance, que si l'on avait pu coucher tout cela par écrit, on aurait eu assez de matériaux pour écrire des livres entiers. Ainsi tout dans la nature, bien loin de me distraire et de me détourner de la présence habituelle de Dieu, m'y affermissait de plus en plus, chaque jour.

§ 25.

Quand au milieu des occupations continuelles de la journée, mon corps éprouvait quelque fatigue ou quel-

que embarras ; quand il était disposé
à se plaindre, à murmurer, à cher-
cher ses aises, à s'abandonner à la
mauvaise humeur, ou à la colère,
aussitôt mon Dieu, mon Amour,
m'éclairait de sa lumière : Il me montrait que je devais étouffer ces bouil-
lonnemens de la nature, et ne jamais
les favoriser, par mes paroles ou
par mes actions. Il se rendait lui-
même le gardien vigilant de mes lè-
vres et de mon cœur, pour m'empêcher de nourrir ces mouvemens dé-
sordonnés, de sorte qu'ils s'amortis-
saient nécessairement au moment
même de leur naissance.

§ 26.

Il arrivait bien quelquefois, mais
seulement dans des cas de grande pré-
cipitation, que je me laissais entraîner
par un mouvement violent d'impa-
tience, ou par quelque autre passion
désordonnée ; mais à l'instant même
j'étais arrêtée, et forcée intérieurement de retenir le mot prêt à s'é-

chapper de ma bouche, comme si quelqu'un m'eût lié la langue; et je ne pouvais continuer qu'après avoir réduit au silence le mouvement déréglé qui s'était emparé de moi. Quand même il ne se serait agi que de reprendre un enfant, de lui rappeler une faute qu'il avait commise, si de tels mouvemens naissaient dans mon cœur, j'étais obligé de m'arrêter et de me taire. Et pourquoi? simplement parce que j'étais toujours en présence de mon Dieu, qui voyait toutes mes actions et observait tout. Alors je me disais à moi-même: Comment ferais-je une telle chose, devant les yeux et en la présence de mon bien-aimé, qui me regarde sans cesse. Oh! je dois bien m'en garder.

§ 27.

Devenu prudente et vigilante, pour découvrir toutes les ruses de la chair et pour résister à toutes ses attaques, la bonne Armelle disait encore: « Que

par ces sortes de pièges, Satan cher-
che à nous surprendre, au moyen de
mille prétextes, qu'il nous suggère,
comme le besoin, la nécessité, la
faiblesse, on la fatigue, et d'autres
raisons spécieuses: de sorte que, si
l'on n'est pas fort soigneux à se tenir
sur ses gardes, on tombe bien vite
dans ses filets. La bonne Armelle
ajoutait, que ces sortes d'occasions
de pécher, sont bien plus dangereu-
ses que celles où le danger se montre
plus clairement, parcequ'il faut alors
user de beaucoup plus grandes pré-
cautions. C'est surtout quand les tentations se lient à la conservation de la
santé et de la vie, qu'il faut le plus
de prudence, pour les découvrir, et
le plus de courage, pour en sortir
victorieux, parcequ'elles nous sur-
prennent avec plus de subtilité et de
promptitude. Aussi, disait la bonne
Armelle, je n'y aurais jamais soup-
çonné le plus petit danger, si mon
bien-aimé Sauveur ne me les avait fait

connaître. Mais il me les montrait si
clairement, que je ne pouvais con-
server le moindre doute à cet égard.
Dans presque toutes les occasions, il
m'apprenait à distinguer ce qui pro-
venait de la grace, et ce qui venait
de la nature corrompue, et il me
donnait la force d'obéir à l'esprit de
grace, et de dompter la corruption
de la nature.

§ 28.

Quand je n'étais pas suffisamment
sur mes gardes, et que je me laissais
surprendre par une faute : Oh ! alors,
je ne pouvais plus vivre sans avoir
obtenu le pardon, et sans avoir fait
ma paix avec Dieu. Je pleurais, hu-
miliée en sa présence ; je lui racontais
mes péchés, comme s'il ne les avait
pas vus ; je lui confessais ma faiblesse
et je ne pouvais m'en aller de la
place, jusqu'à ce que je sentisse son
pardon au fond de mon cœur, et qu'il
me confirmât de nouveau l'assurance
de son amitié. Il le faisait alors avec

plus de force que jamais, et par sa grande miséricorde, il recommençait aussi souvent, que je retombais en faute. De cette manière, mes chûtes mêmes, en m'humiliant, et en me faisant éprouver sa grace, servaient à rallumer avec plus de force mon amour, pour ce divin sauveur de mon ame. »

§ 29.

La pieuse Armelle disait souvent: « Il n'y a rien au monde de plus misérable et de plus petit, qu'un cœur qui se rend l'esclave de ses désirs, et qui s'abandonne aux convoitises de la chair ».

« Il n'y a ni paix véritable, ni véritable repos, jusqu'à ce que l'on soit devenu soumis et obéissant envers Dieu »

« Etre esclave de soi-même, ou être esclave du diable, c'est la même chose »

« Tous ceux qui confessent leur misère et qui se plaignent, ne sont

misérables que parce qu'ils veulent
bien l'être; car ils redoutent la peine
qu'il faut prendre pour se vaincre;
et cependant, il est beaucoup plus
facile de se vaincre, que de se rendre content. »

« Plus on reste en arrière, en trai-
nant les choses en longueur, plus
elles paraissent ennuyeuses et difficiles, parce que la paresse naturelle
se renforce, et que l'esprit s'affaiblit
et perd toute son énergie. »

« Celui qui veut se dompter ne doit
jamais céder à la nature corrompue;
il ne doit ni la flatter, ni la ménager,
ni lui accorder le moindre empire
sur lui-même. Dès qu'on lui cède
tant soit peu dans ce qu'elle désire,
elle devient insolente et indomptable,
de sorte qu'on a plus de peine à lui
reprendre ce qu'on lui avait accordé,
qu'on n'en aurait eu d'abord à lui
tout refuser. Aussi, pour pouvoir
goûter la vie véritable, faut-il sans
cesse mortifier les mauvais penchans

de la nature, sans les épargner en rien, et sans en avoir pitié. Celui qui parvient à les terrasser entièrement, établit en lui-même le règne de la paix, et goûte une félicité que les autres ne sauraient comprendre. »

§ 30.

La bonne Armelle avait encore coutume de dire :

« Qu'aime Dieu, et vouloir endurer pour l'amour de lui, des souffrances sans bornes, sont deux choses inséparables ; que le véritable amour se reconnaît à la patience dans les souffrances, que vouloir éviter les croix, ou murmurer contre l'afflliction, ce n'est autre chose que s'éloigner de la source de tout bien, puisque Dieu est un sauveur crucifié, et ne se trouve que par le chemin de la croix »

§ 31.

Pour obtenir la grande grace de pouvoir souffrir avec son Sauveur, la bonne Armelle lui adressait dans les premières années, la prière suivante, que le Saint-Esprit lui mettait au cœur et qu'elle prononçait avec une ferveur brulante : « O mon bien-aimé Sauveur, Jésus crucifié ! qui a pu te porter à souffrir pour moi une mort si cruelle ? Mon Jésus ! fais-moi la grâce, je t'en prie, de m'apprendre à renoncer à moi-même, et d'avoir part à tes saintes souffrances. Les clous ont percé tes pieds es tes mains ; une lance a déchiré ton côté ; ton sang a bouillonné au dedans de toi par la force de l'angoisse : Oh ! puissé-je apprendre à supporter, comme toi, sans me plaindre, d'aussi grandes douleurs ! Demeure en moi, Seigneur ; fais que je demeure en toi, et que je meure après une sainte agonie comme la tienne. O mon Jésus ! accorde-moi la grâce de souffrir et de mourir, par amour pour toi, et pénétrée de repentance et de douleur, à cause de tous mes péchée ».

§ 32.

Ce recours qu'elle avait continuellement à son Sauveur bien-aimé, lui donnait la force de supporter et de vaincre toutes les contrariétés de la vie; car cette bonne Armelle disait: « Lorsque les hommes me calomniaient ou me maltraitaient, ou que les esprits malins me poursuivaient de leurs tentations, pour m'attirer dans leurs pièges, je me tournais à l'instant même, vers mon Sauveur bien-aimé, qui étendait ses bras vers moi, m'ouvrait son cœur et me montrait ses blessures, en m'invitant à me réfugier dans son sein, et à m'y mettre en sûreté. Aussi, je m'y jetais comme dans une forteresse, et là, j'étais à moi seule plus forte que tout l'enfer réuni. Quand toutes les créatures se seraient alors liguées contre moi, je n'en aurais pas eu peur, plus que d'une mouche, parce que mon Dieu, mon Amour, me tenait sous sa protection. »

§ 33.

Toutes les fois qu'on l'offensait, ou qu'on lui faisait du tort, la bonne Armelle recevait cela comme une grande grace de Dieu, et elle ne pouvait s'empêcher d'aimer ses ennemis, ses adversaires et ceux qui la contrariaient, beaucoup plus qu'auparavant, et de leur faire le plus de bien qu'il lui était possible. Aussi avait-elle coutume de dire, « qu'elle ne savait pas ce que c'était qu'un ennemi, et qu'elle n'en avait jamais eu : que pour elle, elle regardait comme ses plus grands amis, ceux que le monde appelle ennemis ; et que la marque à laquelle elle les distinguait des autres hommes, c'était le grand amour qu'elle ressentait pour eux, dans son cœur. Aussitôt que quelqu'un lui avait fait quelque mal, c'était comme s'il avait ouvert la porte de son cœur, pour y pénétrer, et pour pouvoir trouver place dans ses prières ; tandis qu'auparavant, elle n'y avait jamais pensé. Celui qui lui avait causé le plus de désagrément, était celui qui devenait surtout l'objet de sa charité et de ses prières.

§ 34.

Lorsque souvent, Dieu lui-même semblait se cacher, ou s'éloigner d'elle, elle lui disait : « O mon bien-aimé, cela ne fait rien, quand même tu te caches : Je ne t'en servirai pas moins, bon gré, malgré ; car je sais pourtant que tu es mon Dieu ! Et, alors, disait-elle, je m'efforçais plus que jamais de prendre garde à moi-même, d'être fidèle, pour ne pas déplaire à celui qui possédait seul mon amour, et qui était le seul que je dusse craindre. Dans ces momens là, j'apprenais mieux à connaître mon extrême misère, et à me confier de plus en plus en mon Sauveur. J'étais contente de ce qu'il voulait et je serais demeurée volontiers dans cet état pénible, tout le tems de ma vie, si cela avait pu lui plaire. Mais, oh ! il ne m'y laissait pas long-temps, et si j'osais m'exprimer ainsi, je dirais qu'il ne pouvait s'empêcher de me témoigner sa tendresse, tout comme moi, de mon côté, je ne pouvais vivre sans lui. Au lieu d'un petit moment, pendant lequel il m'avait retiré sa douce présence, il me comblait, en revenant dans mon ame, d'une telle abondance de graces célestes, et de marques de son amour, que j'en étais accablée. »

§ 35.

Dans tous ses exercices, et dans toutes ses occupations, la bonne Armelle était d'une fidélité, qui passait toutes les bornes ordinaires. Aussi, en toute occasions, elle vantait cette vertu de la fidélité, et la recommandait à tout le monde. Pendant 6 ou 7 ans, elle ne cessa de répéter : «Soyons fidèles, soyons fidèles au bon Dieu. Car la fidélité nous unit à lui ; mais l'infidélité nous sépare de lui ».

Lorsqu'on lui demandait comment il faut servir Dieu, elle répondait toujours: « Il n'y a point d'autre chemin à suivre en cela ; que la fidélité, qui doit s'étendre à toutes les choses, grandes et petites, sans en excepter les plus insignifiantes. Or être fidèle, c'est, comme Dieu-lui-même me l'apprend, faire parfaitement bien tout ce que l'on fait, lors même qu'il s'agit des plus petites bagatelles. Cette fidélité unit l'ame à Dieu ; mais l'infidélité empêche, et rend impossible cette union. »

§ 36.

Souvent la bonne Armelle répétait plus de cent fois dans la même conversation : « Soyons fidèles à Dieu, soyons lui fidèles ; car il arrive très souvent, que la grace qui nous est offerte d'abord, pour nous aider dans l'accomplissement de ce que nous avons à faire, nous est ensuite refusée, si nous ne sommes pas fidèles. Et puis, on n'est pas sûr de sa vie ; et supposé qu'on en soit sûr, on ne devrait pourtant pas, à cause de cela, remettre au lendemain ce qu'on peut faire le jour même : car un tel retard est la preuve que l'on n'aime pas comme il faut aimer. Si notre amour est grand et véritable, il ne saurait demeurer tranquille, aussi long-tems qu'il sait que son bien-aimé désire une chose, qu'il n'a point encore accomplie. Cette tiédeur est la vraie cause pour laquelle tant de personnes se perfectionnent si lentement. Elles savent bien ce que Dieu exige d'elles ; mais comme elles ont peur de se faire un peu de violence, elles remettent les choses toujours à un autre tems, et elles disent : « demain, demain, nous ferons cela, » et ce demain n'arrive jamais. Car plus elles persistent long-temps dans leurs habitudes, et les favorisent ; moins elles ont de force pour leur résister ; et Dieu qui voit leur infidélité, les abandonne finalement, et s'éloigne d'elles. »

§ 37.

« Vous savez maintenant, dit la bonne Armelle, comment j'ai passé mon tems aussi bien les jours ouvriers, que les jours de fêtes. J'avais autant d'occupations un jour que l'autre ; mais cela ne me faisait rien : car tout m'était égal, le travail et le repos, les choses faciles, et les choses péni-las, parce que je ne regardais pas à ce que j'avais à faire, mais à celui pour l'amour duquel je le faisais ».

§ 38.

« Lorsque le soir était venu, que chacun allait se coucher, moi, je ne trouvais de re-pos que dans les bras de l'amour divin. Là, je m'endormais sur le sein de mon sauveur, comme un enfant sur le sein de sa mère. J'é-tais occupée de Dieu et de ses louanges, jus-qu'à ce que le sommeil s'emparât de moi ; et la plûpart du tems, l'amour que j'avais pour lui, tenait mes sens si éveillés, que je passais sans dormir, la plus grande partie des nuits. Je me rappelais sa bonté toujours nouvelle, qui jamais ne m'abandonnait un seul instant, mais qui veillait constamment sur moi, et ne cessait jamais de tenir en sa sainte garde, une si indigne créature. Souvent les esprits ma-lins cherchaient pendant la nuit à me tenter, et à me vaincre par leurs ruses, surtout pen-

dant que je dormais; mais mon Sauveur me
protégeait, et combattait lui-même pour moi.
Il me faisait même la grace de leur résister
pendant mon sommeil, aussi vaillamment,
que si j'eusse été éveillée »

§ 39.

« Voilà comment s'est passée la vie d'une
pauvre paysanne, d'une chétive servante,
depuis qu'il a plu au Dieu de bonté et de charité de lui servir lui-même de guide. Il m'a
tirée ainsi de ma misère, c'est-à-dire, de mon
ignorance, et de mes péchés, et il a fait de
moi ce que je suis maintenant par sa grace et
par sa miséricorde. Voilà quel a été mon genre
de vie pendant 20 ans, sans que j'aie senti
diminuer le moins du monde l'amour qu'il a
versé pour lui, dans mon cœur, dès le com-
mencement de ma conversion. Au contraire,
cet amour est allé de jour en jour en crois-
sant, quoique chaque jour il me semblât que
je ne pouvais supporter long-tems le degré
d'amour que je trouvais déjà dans mon ame.
Maintenant, je suis rassasiée et contente dans
son amour infini. Mais autrefois, avant qu'il
en fût ainsi, mon ame avait une faim et soif
journalière de cet amour du Seigneur, que
j'éprouvois déjà d'une manière si forte, que
je ne croyais pas qu'il pût s'augmenter. »

§ 40.

« Toutefois, je ne suis parvenue à ce degré
de paix, à ce rassasiement de joie, que lorsqu'il a plu au bon Dieu de m'introduire en
Esprit, dans son sanctuaire. Pendant les 20
ans dont je viens de parler, j'avais encore

vécu dans ma propre maison spirituelle, si j'ose m'exprimer ainsi ; mais à la fin, Dieu m'a fait entrer dans la sienne, c'est-à-dire qu'il m'a fait la grace d'être en lui, et lui en moi. Depuis lors, ce que j'éprouve dans mon intérieur surpasse tout ce que j'éprouvais auparavant, et je ne saurais le décrire. Je suis entièrement détachée du monde et des créatures, et mon esprit est élevé au dessus de la terre, et semble ne plus y vivre. Ma paix est si profonde, ma joie si parfaite, que mon ame se trouve déjà comme transportée dans la paix de Dieu, dans la félicité céleste. Je connais mieux que jamais par expérience que le Règne de Dieu est justice, paix et joie, et que par le Saint-Esprit (Rom. xiv. 17), celui qui est uni au Seigneur, devient un même esprit avec lui. » (1 Cor. vi. 17).

§ 41.

« Avant de m'accorder cette grande grace, Dieu par sa miséricorde se tenait déjà sans cesse présent à mon ame, et mon cœur était constamment uni à lui, par l'amour que j'avais pour lui. Cependant, je sentais toujours quelque chose qui nous séparait et qui pouvait nous séparer, quoique nous fussions déjà si intimes. Mais maintenant, Dieu a comme absorbé la créature, pour m'établir en lui seul. Il m'a mis en possession de tous ses biens. Il est ma vie et mon tout. Ne soyez donc pas étonné de me voir comme je suis, ne cherchant qu'à vivre et à mourir dans son amour. Il faudrait que je fusse pire que les démons eux-mêmes, si après tant de graces et de témoignages de miséricorde, que j'ai

reçus de sa divine Majesté, j'en agissais au-
trément; et si je cessais ou négligeais de
l'aimer, l'enfer serait trop peu pour mon
chatiment. Mais non! il ne permettra jamais
que ce malheur m'arrive. »

§ 42.

« Si maintenant l'on me demande : Que
fais-tu à chaque instant de la journée, et
quelles sont tes occupations? Je répondrai
seulement : J'aime, j'aime avec ardeur, mon
Sauveur et mon Dieu. C'est là tout ce que je
puis faire. Ce peu de mots est le récit de
toute ma vie, car ma vie n'a consisté qu'à
aimer continuellement et qu'à être recon-
naissante pour toute la bonté, et pour toute
la miséricorde de Dieu envers moi. Vous con-
naissez maintenant ma prière, mon occupa-
tion et ma vie. Je n'ai rien à dire de plus à
ce sujet.

Que mon bien-aimé Sauveur reçoive encore
ici mes humbles louanges, pour toute la bonté
et toute la miséricorde dont il a usé envers
moi! Que toutes les créatures le louent, et
qu'il soit béni éternellement. Amen. »

FIN.

IMPRIMERIE DE ROD.-HENRI DECKHERR A MONTBÉLIARD.